Reservados todos los derechos. Este libro no podrá ser publicado ni total ni parcialmente, sin la expresa autorización de la autora.

Desconocido: Cuando la verdad llegó a mi vida.

Copyright © 2021 por Daniela OROPEZA.

ISBN: 9798519896269

Impresión y distribución: AMAZON.

Edition 2021

DESCONOCIDO

Cuando la verdad llegó a mi vida

Daniela OROPEZA

Lengua y lingüística en español
6 Abril, 2021

Nuevo lanzamiento
6 Abril, 2021

Últimas novedades
6 Abril, 2021

Amazon.com/.com.mx/.fr/.es/.de/.au

DEDICATORIA

A Gokhan, ese hombre maravilloso que nos rescató del sufrimiento y continúa ocupándose de nosotros en la cotidianidad. Gracias por alimentarnos con tus platos, tu amor y tu buen humor, por cuidarnos y protegernos cada día.

LA AUTORA

Daniela OROPEZA es una venezolana exitosa, posee una licenciatura en bioanálisis que obtuvo en la universidad de Carabobo en Venezuela y un máster en microbiología que realizó en el instituto de investigaciones más prestigioso de su país, el IVIC. Participó en varios proyectos de investigación, de los cuales tres fueron publicados en revistas científicas nacionales e internacionales.

Justo cuando se encontraba en la cúspide de su vida profesional decidió abandonarlo todo y se instaló en Francia para seguir a su gran amor. Una vez en este maravilloso país, su adaptación fue nefasta. Sin embargo, no se dejó derrotar. Validó con mucho esfuerzo y después de solventar engorrosos trámites legales, un técnico de laboratorio que le permitió realizarse a nivel profesional y además la ayudó a solventar sus necesidades básicas, al igual que esas de su pequeña familia.

Siempre dice que a pesar de no catalogarse como exiliada, se siente completamente identificada con la diáspora venezolana, ya que cuando quiso regresar a su país, la inestable situación política y la continua decadencia de la realidad económica y social, la obligaron a reflexionar y a forjarse un futuro lejos de sus tierras.

Justo cuando enviudó, no le fue fácil tomar la decisión de quedarse sola en un país extranjero y mucho menos con dos niños de menos de 5 años a criar. Tomar las riendas de su

vida después de más de 8 años de inactividad profesional tampoco fue fácil, sin embargo lo logró. Actualmente trabaja como técnico de laboratorio en el prestigioso Establecimiento Francés de Sangre (EFS) y se atrevió a incursionar en el incógnito mundo de las letras, para darle paso en abril 2021 a su primera obra literaria llamada
DESCONOCIDO.

AGRADECIMIENTOS

A Dios…sin él nada, con él todo.

Al profesor y maestro Francisco Navarro Lara, creador de un tsunami de Best Sellers que amenaza con sumergir al mundo, bajo una enorme ola de magníficos libros cargados de extrema sensibilidad; quien nos enseñó y nos animó a perseguir y materializar nuestro sueño.

A su equipo técnico, Paqui, Francisquete y Cecilia.

A la pequeña comunidad de Best Seller en 7 cuarta generación, en la que encontré nuevos amigos. Juntos luchamos y nos apoyamos en la conquista de este hermoso proyecto. En especial al Maestro poeta, dramaturgo y diseñador Gráfico José Luis GARCÍA GUILLERMO, quien participó activamente en la corrección gramatical y ortográfica de esta obra.

Al resto de la comunidad Best Seller en 7, de los que también aprendí enormemente y a la redactora periodística Luciana ERNETA quien trabajó en la corrección ortográfica y estilo.

Mil gracias a todos, sin vuestra ayuda este libro jamás se hubiera visto materializado en tan corto tiempo.

Daniela OROPEZA

PRÓLOGO

Mi madre decía: *"El amor no se acaba nunca, así no recibamos a cambio tanto como hemos dado, merecido o deseado, siempre debemos dar sin medida y abrir nuestro corazón, sin miedo a que sea lastimado, ya que un corazón herido siempre podrá ser sanado, mientras que un corazón cerrado no se curará jamás y terminará por endurecerse hasta transformarse en piedra".*

Como prueba de ese amor inculcado, escribo este libro en testimonio de éxito, a fin de que pueda servir de motivación a mucha gente. Para aquellos que están atravesando por un momento difícil de sus vidas, o simplemente para aquellos que sienten el deseo inmenso de llegar cada vez más lejos, independientemente de dónde se encuentren en su evolución personal.

La vida es una montaña rusa, llena de altos y bajos. Cierra los ojos sin titubear, para que esos momentos difíciles pasen lo más rápido posible y abre tus brazos cada vez que te sientas capaz de disfrutar de la alegría del éxito.

Daniela OROPEZA.

CAPÍTULO I

Una ceremonia de entierro muy particular

Dos días más tarde, después del fallecimiento de su esposo. Durante la ceremonia de entierro, Elsa vivió una experiencia indescriptible y de fuertes emociones.

En algún momento pensó en las recurrentes disputas que tuvo con Carlos, cada vez que fueron al Líbano, aproximadamente cada dos años, después de la primera vez en abril de 2009, apenas dos meses después de su matrimonio con él.

El papá de Carlos vive en el Líbano, en un pequeño pueblo de montaña, a media hora de Beirut llamado Kabrechmon.

Mantener la calma y la compostura frente a la familia de Carlos, siempre fue toda una proeza para la joven mujer. Ella nunca aprendió el árabe y se aburría enormemente durante las largas tertulias de familia.

Sin embargo, esta vez... todo era evidentemente diferente. Cada escena parecía pasar delante de ella como una película en cámara lenta. A diferencia de todo lo que había vivido en el Líbano con anterioridad, ahora Elsa se sentía profundamente amada, hasta el punto que la embargó un indescriptible deseo de quererse quedar. Era como que si de alguna manera, todo el amor que los familiares y amigos de Carlos sintieron alguna vez por él, ahora se derramara en abundancia sobre ella. Aun así, se sentía completamente extranjera en su propia historia. A pesar de ser ella la viuda y protagonista de esta, el escenario le era completamente desconocido.

El funeral druso, sigue normas que eran totalmente inéditas para ella. En ese momento pensó en cada uno de los funerales en los cuales había estado con anterioridad. En ese de su tío, su madre y su abuelo, estuvo rodeada de su familia directa y todas las costumbres las conocía de antemano, además el lugar y el idioma también le eran familiares.

Ahora se encontraba en Kabrechmon, el pueblo donde Carlos creció. Elsa descubría por primera vez, a medida que iban transcurriendo los hechos, cada uno de los ritos y costumbres. El velorio se llevó a cabo en la sala de reuniones del pueblo. Un gran recinto, en el cual se llevaban a cabo matrimonios y otras conmemoraciones. En esta ocasión colocaron sillas plásticas blancas distanciadas entre sí, las unas en frente de las otras, formando un pasillo largo que llegaba hasta una especie de altar sobre el cual reposaba el ataúd. En los alrededores no se observaba ningún tipo de decoración, mientras que las flores y coronas llegaron sólo al final.

Si algo llamó profundamente la atención de Elsa, fue el estricto código vestimentario acatado por la totalidad de damas. Todas, incluida ella misma, estaban vestidas de un negro impecable y cubrían sus hombros con una especie de bufandas blancas hechas de un tejido muy fino, que pasaba por detrás del cuello y caía hacia adelante a cada lado de los hombros cubriendo el pecho y sobrepasando hasta llegar debajo de las caderas. Fue en ese momento en el que se percató, que en la sala solo habían mujeres. Más tarde reflexionó diciendo: *era como que si el sufrimiento y el llanto nos estuviera estrictamente reservado.*

Fue después que Elsa se enteró que los hombres tenían reservada una sala especial, en la cual estaba prohibida la entrada de mujeres. Aparte del estricto código vestimentario y la rigurosa separación de sexos, hasta ese entonces la ceremonia se llevaba a cabo más o menos bajo una dinámica similar a la que se observa en cualquier velorio cristiano, entre momentos de calma y de efusivos llantos intercalados entre sí, llenando el recinto de un sentimiento digno de la tristísima ocasión.

En presencia del inerte cuerpo de su gran amor, Elsa recordó cada lucha cultural superada para consumar su felicidad. No terminaba de asimilar el hecho de que ahora se encontraba completamente sola y que esta vez no lo tendría a él. Ella pensó en ese instante, en la perfección de ese hombre que amó con todo su corazón, prefirió creer, que de tanto que la amó, había escogido abandonar su propia felicidad, para ofrecerle a ella la oportunidad de vivir libremente. Vivió ese instante como una nueva declaración de amor.

Poco antes de que se diera el momento de trasladar los restos, hombres y mujeres se reunieron en la gran sala para ofrecer el último adiós a ese joven, lleno de vida que les dejó repentinamente y tan temprano. Una enorme cantidad de personas llegaron al lugar y la sala se llenó de golpe. Elsa pudo distinguir alguna que otra cara conocida, aunque la inmensa mayoría eran completamente desconocidos.

Los caballeros hicieron espacio posicionándose en fase a fase y dibujando un inmenso pasillo que separaba la puerta del gran salón del ataúd. Una crisis de angustia la invadió, cuando le dijeron que debía separarse del cuerpo. Según las costumbres drusas solamente un pequeño y selecto grupo de hombres acompaña el cuerpo hasta la sepultura. ¡Elsa no lo podía creer! En la ceremonia cristiana, los fieles siguen el cuerpo hasta su última morada y depositan flores o un puñado de tierra sobre el sarcófago antes de que el mismo sea llevado bajo tierra para siempre. Considerando el estado de desesperación de la joven dama, los caballeros decidieron hacer una excepción y aceptar. Elsa acompañó el cuerpo hasta el final y lo vio por última vez, desaparecer definitivamente en el féretro, detrás de unas grandes y sólidas puertas metálicas, que cerraban un cuarto relativamente pequeño en el cual las cajas mortuorias estaban organizadas las unas al lado de las otras y también unas sobre otras, separadas entre sí por una especie de soporte metálico.

Una vez en la casa del papá de Carlos, las visitas se sucedieron una tras otras, aportando en cada ocasión una cantidad inagotable de comida. Según le explicaron a Elsa, dicha tradición ocurría día tras día, durante por al menos una larga semana. Según ellos estaba previsto que la joven se quedara por algún tiempo, aunque nadie tuvo la delicadeza de comunicárselo con anterioridad. De todas maneras, la viuda debía regresar lo antes posible a París. Así lo había previsto, ya que debía ocuparse de su hija Julia, que para ese entonces tenía 5 años y la había dejando en Francia para evitarle el sufrimiento. Su segundo retoño contaba con apenas 9 meses y por fortuna había decidido llevarlo con ella. Ocuparse del pequeño le permitió por instantes mantenerse conectada a la realidad.

En medio de todas las visitas, se produjo un acontecimiento que pienso muchos desearon que jamás sucediera. Se hizo un silencio sepulcral. El padre de Carlos llamó a Elsa y delante de todo el mundo le hizo entrega de una carpeta llena de papeles en árabe, haciendo la siguiente declaración, que amablemente Sergio, uno de los hermanos de Carlos tradujo para ella - *"Esto es para usted y para sus hijos"*.

Observando la cara de los demás, Elsa no entendió de inmediato porque todos la miraban como que si ella acabara de recibir en sus manos la sentencia de muerte de aquellos testigos. Más tarde descubrió, que esa carpeta encerraba secretos capaces de destruir la vida de muchas de las familias que se encontraban a su alrededor.

Sin entender a ciencia cierta, lo que pasaba a su alrededor, tomó la aparentemente misteriosa carpeta y al día siguiente regresó a París para afrontar su nueva realidad.

CAPÍTULO II

Génesis

Elsa es una mujer soñadora y enamorada de la vida, que lucha sin cesar por conquistar su felicidad y aquella de los seres que la rodean. Al igual que todos los niños del mundo, cuando nació su inocencia era blanca y pura, incapaz de creer en la maldad de este mundo. Para ella, vivir es conquistar un sueño cada día y desde muy joven se negó a creer que existía el sufrimiento.

Cuando la conocí, descubrí en su mirada el magnífico brillo que emana de toda mujer fuerte y emprendedora. En ese mismo instante comprendí que tenía al frente una persona excepcional. Su vida ha sido poco tradicional y a pesar de ello, sigue creyendo en la felicidad. Es como si a pesar de todo lo vivido, se negara insistente, a ella misma, la existencia del fracaso. Estoy segura de que fue de esa fuerza interior, de la que Carlos se enamoró cuando la conoció.

Nació en medio de un importante conflicto social, digno de una de las mejores telenovelas mexicanas.

La señora Juana, la mamá de Catalina y abuela materna de Elsa, fue una madre soltera que sacó adelante ocho hijas completamente sola. Bajo la bonanza inagotable del Padre Dios. La única referencia que Elsa tiene de su abuelo materno, fue que lo mataron cuando su madre tenía tan sólo 5 años.

Sin ningún tipo de recursos económicos, la señora Juana se levantó cada mañana para ocuparse de su cultivo rural de maíz. En la temporada de cosecha, preparó *cachapas, que sus muchachas vendieron a los pasantes en las orillas de la carretera.

*Cachapas: Tortillas flexibles hechas de maíz dulce fresco, molido.

A medida que las jóvenes crecieron, fueron confiadas a familias "ricas" para que pudieran salir adelante. Fue así como Catalina llegó a casa de la familia Suárez. Una de sus hermanas mayores ya trabajaba para ellos y después del nacimiento de su primer nieto, la señora Esther, que era la dueña de la casa, se vio en la necesidad de buscar a alguien, para que ayudara a su hija Soledad con el bebé.

Cuenta Elsa dentro de su gran bola de cristal, - *al parecer, mi llegada a este mundo tomó a más de uno por sorpresa. Para empezar, mis padres tenían en esa época 17 años cada uno. Mi madre trabajaba en la casa de mis abuelos paternos como la niñera de Jason, el mayor de mis primos paternos y mi padre ya era para en ese entonces, el joven gigoló que continuó siendo durante toda su vida. Cuando mi madre descubrió que estaba embarazada, huyó avergonzada para refugiarse en el campo, mientras que mi padre fue castigado y enviado a La Salle, un liceo de sacerdotes en la emblemática ciudad de Barquisimeto, que queda a tres horas de Maracay, mi ciudad natal.*

Catalina, era muy joven cuando se enamoró de Ernesto, uno de los hermanos de Soledad. Fue así como, poco después de conocerlo, en medio de toda la inexperiencia típica de la edad; Catalina, quedó embarazada de él. Ernesto también era muy joven para aquella época.

Agraviada por lo que sucedió, Catalina regresó a El Torito, su pueblo de crianza. Trató por todos los medios de deshacerse de la vergüenza que portaba su vientre. Sin embargo, nunca lo logró y regresó al poco tiempo a Maracay. Fue así como el viernes 19 de noviembre de 1976, en una calle solitaria de esta ciudad, al frente de un colegio de primaria y bajo el sol inclemente muy característico del lugar; los dolores de parto se hicieron presentes. Ese día llegó Elsa a este mundo, para regalarnos una bella historia de amor, que como verán tiene un final inesperado.

Cuando Esther, la abuela paterna de Elsa supo que Catalina estaba embarazada de Ernesto, manifestó el deseo de quererlos casar. Sin embargo su esposo y su hijo mayor, que eran hombres con estudios y cierto estatus social, decidieron que lo mejor era que no lo hicieran.

La señora Esther fue una católica ferviente, de carácter fuerte y amante de los derechos humanos. Durante su larga vida practicó la caridad, trabajó continuamente en comunidades carismáticas y ayudó a preparar grandes eventos religiosos de magnitud nacional. Siempre estuvo dispuesta a ayudar al prójimo y continuamente se preocupó por el bienestar de los más desvalidos. Entre otras actividades, ofreció su ayuda voluntaria en un ancianato cerca de su casa.

Sin duda fue una mujer emprendedora. Desde muy joven trabajó como secretaria y cuando se casó abrió una lavandería, que más tarde cerró para abrir un negocio de comida para llevar. Cabe destacar, que al mismo tiempo crió y se ocupó de levantar a los cinco maravillosos hijos que la vida le otorgó. Fue una gran maestra para la protagonista, siempre le ofreció grandes lecciones de amor y de moral.

Soledad, la única hija hembra de Esther, es una mujer con un enorme corazón, que siempre ha conservado un corazón aventurero, digno de la artista que lleva adentro. A pesar de llevar una vida muy distinta a la de Catalina, vivía para aquel entonces, en carne propia lo que significaba ser madre soltera. Llevó una educación estricta, en uno de los mejores colegios de Maracay, bajo la dirección de su madre, la cual siempre quiso hacer de sus hijos personas de conducta intachable.

-El secreto de la existencia de Elsa me fue revelado a través de un sueño - dice Soledad - *Estaba yo caminando por un sendero bajo la sombra de inmensos árboles, en un camino de tierra ancho, cuando una bella y minúscula serpiente amarilla pasó delante de mí de manera fugaz. Fue un sueño hermoso, lleno de colores*

brillantes y a pesar de que mi madre siempre asociaba los sueños de serpientes a la llegada de un problema, el mismo dejó en mí un sentimiento de buen presagio. Finalmente, el gran problema terminó convirtiéndose en esa bella bendición, que es Elsa.

Poco tiempo después del nacimiento de Elsa, Catalina regresó a El Torito donde permaneció durante algunos años.

Con el paso del tiempo, la señora Esther comenzó a preocuparse por el devenir de Elsa. Sintió que crecía un poco al abandono y decidió enviar a su hija Soledad para que la fuera a buscar. Ella pensó con razón, que si la pequeña crecía al margen de la vida que ellos le podían ofrecer, sus oportunidades se verían reducidas.

Solo basta con ver y comparar la vida que han tenido la mayoría de los primos maternos de esta joven, y esa que han tenido la ocasión de labrarse sus primos paternos, para darse cuenta que el dinero no lo es todo, pero lastimosamente juega un papel determinante en el futuro de las personas. Estoy segura de que si Elsa se hubiera quedado en El Torito, su vida nunca habría sido igual.

Dos horas y media de carretera separan la hermosa ciudad de Maracay de El Torito. Un bendecido lugar perdido, inmerso en una verde pradera en medio del estado Yaracuy. Encomendada por su madre, Soledad emprendió el camino para buscar a su amiga Catalina. No impuso resistencia, ya que entre otras cosas, le encantaba manejar. Muchas veces la escuché decir sonriente, que había nacido con el cordón umbilical pegado de un automóvil. Disfrutó mucho durante el trayecto, observando los hermosos paisajes que la condujeron a ese mágico lugar.

Hasta lo que he podido ver, casi todas las autopistas y pequeñas carreteras del mundo son parecidas. Lo que cambia el panorama, es el calor de su gente. La llegada de un carro a El Torito, nunca pasa desapercibida. Los niños salen a recibirlo con alegría y corren detrás de él mientras pueden. Al entrar al pueblo se puede apreciar una cancha de bolas criollas y los hombres jugando contentos en ella, bajo la sombra de un majestuoso samán*.

*SAMÁN: MAGESTUOSO ÁRBOL, GENERALMENTE DE GRAN TAMAÑO Y CON RAMAS FRONSOSAS QUE OTORGAN UNA SOMBRA IMPONENTE.

En los alrededores de la carretera de tierra, se aprecian en desorden unas cincuenta casas, algunas en bahareque y otras de bloques frisados, las cuales están bien distanciadas entre sí, dispersas a todo lo largo del camino que atraviesa el pueblo. También se podía apreciar a la izquierda un gran valle verde con vaquitas pastando y un tubo de gas, larguísimo, de unos 25 centímetros de diámetro que atravesaba toda la pradera. Sobre ese tubo Elsa corrió muchas veces en compañía de su hermano materno.

Si permaneces atento no tardarás en percibir, que ante la llegada de un extranjero, son numerosas las miradas curiosas de toriteños, que continúan sus actividades en las afueras de sus casas. Las mujeres lavan la ropa a mano en poncheras plásticas de vivos colores; pelan yuca, ñame, papas, zanahorias, ocumo o deshojan las mazorcas de maíz para preparar el almuerzo. Algunas hacen sus quehaceres mientras conversan con la vecina o regañan al muchacho para que se vista, se bañe o vaya a ponerse las chancletas.

Después de pasar la escuelita, que todavía se encuentra a mano derecha, aproximadamente a 600 metros de la entrada del pueblo, se podía ver una laguna durante el período de lluvias y remontando un poco encontrarás, la casita rural de los Lara, que Soledad descubrió, gracias a la información aportada por las personas del pueblo.

Los Lara son una familia humilde de un gran corazón. Siempre reciben a los pasantes con una gran sonrisa. Son muy numerosos. En esta casa siempre ha faltado el dinero, pero en la misma medida ha sobrado la bondad y la solidaridad. En la memoria de Elsa solo existen recuerdos de bonanza y grandes fiestas: en cada cumpleaños de la abuela Juana o cada día de las madres, las mujeres y los nietos mayores Lara, reunían para comprar una nevera, una cocina o hasta un nuevo juego de muebles para la abuela. En ocasiones una de las hijas menores, la tía Elba organizaba una pequeña reunión en la que daban pequeños regalos a las señoras de la comunidad. Todas salían contentas, con una ponchera, una crema, un colador o un batidor de mano.

En esta casa nunca faltó el guarapo en la mañana, acompañado de un pedazo de pan, un hervidito en la tarde y una buena arepa con mortadela, huevo o queso en la noche, antes de ir a buscarse un rinconcito entre los colchones que tiraban en el piso para dormir.

Catalina y Soledad se encontraron y se abrazaron al verse sin decir una palabra. Después de recobrar el aliento y secar las lágrimas cargadas de una mezcla de sentimientos encontrados entre alegría, nostalgia, tristeza y vergüenza, entablaron una larga conversación que terminó por convencer a Catalina de regresar nuevamente a Maracay. Ella le quiso ofrecer un futuro diferente a su hija, sin querer abandonarla. Sin embargo, para ese entonces la joven había tenido su segundo hijo, así que con el dinero que ganaba en Maracay estaba siempre pendiente de ayudar a su mamá y viajaba con frecuencia para visitar a su hijo Eduardo.

Cuenta la abuela Esther que cuando Elsa regresó a la ciudad era como una especie de niña salvaje. No conocía ni siquiera lo que era un sanitario. Al poco tiempo de llegar a casa de sus abuelos presentó rápidamente la necesidad de ir al baño y su abuela no lograba entender lo que quería. Después de dar varias vueltas por la casa enseñándole cada objeto y bajo la evidencia de que la niña tenía ganas de hacer pipí, se dirigieron al jardín en el cual pudo al fin saciar sus ganas agachándose en la grama. Su abuela entendió de inmediato que la vida de esa chiquilla había sido muy diferente a la de ella hasta ese entonces.

Sus abuelos se ocuparon de Elsa, le enseñaron las reglas de la sociedad y la inscribieron en la escuela. Su padre venía cada cierto tiempo a la casa, ahora ya se encontraba en la universidad y llevaba a cabo sus estudios de ingeniería civil.

Un día decidió decirle a su mamá que quería darle su apellido a la pequeña, a lo que la señora Esther respondió tajante que ella no necesitaba apellidos, sino alimentos, ropa y educación. Aún así, Ernesto prefirió ignorar los reproches de su madre y terminó por ejercer su autoridad parental.

CAPÍTULO III

Amor a primera vista.

¿Cómo podría imaginar la bella protagonista, aquella vez que lo vio por primera vez, que Carlos escondía tantos secretos?... Yo le pregunté… ¿Cómo era que nunca se había dado cuenta de nada?... Rápidamente respondió sin titubear, que era tan feliz, que nunca lo quiso ver.

En aquel momento, Elsa se encontraba en la cúspide de su juventud. Apenas tenía 18 años. Corría octubre de 1994 cuando nació su hermano menor, momento en el cual cuidaba a su segundo hermano, conocido como Javier, que tenía para entonces, apenas cinco años de edad.

Cierto día, una amiga tocó a la puerta de su casa sin avisar, venía acompañada de dos jóvenes. Según ella se trataba de un viejo amigo y su hermano.
Elsa nunca imaginó que ese inesperado momento marcaría un antes y un después, que recordaría para siempre.

Su amiga le propuso dar una vuelta, insistiendo en hacer un recorrido por Maracay, para dar a conocer el lugar a sus acompañantes. Sin que la joven se pudiera percatar, las mentiras comenzaban a manifestarse por primera vez, cuando manifestaron que residían en Margarita, una de las islas más bellas y la más grande de Venezuela.

Teniendo en cuenta que Elsa cuidaba de su hermano Javier, aceptó bajo la firme advertencia de regresar muy pronto a casa. Se hizo esperar, mientras terminó de dar de comer al pequeño y luego lo dejó con su abuelo, que fue siempre su gran alcahuete.

El inesperado encuentro, duró apenas una hora, bajo un sistema de comunicación particular, aunque aparentemente muy divertido. Nunca olvidó ese día. Decía que lo recordaba como un sutil y especial amanecer. Ahora sé, porque dicen que la memoria guarda preciosamente esos recuerdos, que tranquilizan su interior.

Hacía menos de un año que Carlos estaba en Venezuela, así que su español dejaba mucho que desear, mientras que por el lado de Elsa, el dominio de idiomas extranjeros nunca ha sido su plato fuerte, y en ese instante no se encontraba en el mejor momento de su transitar por otras lenguas. Bajo dichas circunstancias, esta joven descubrió por primera vez, entre risas y miradas, que el amor no conocía de idiomas ni fronteras.

Una vez en casa, pudo apreciar en el espejo que algo había cambiado en ella para la eternidad. ¡Siempre fue una soñadora sin igual!... pero... esta vez, no se trataba de una ilusión. Ese día era real, al fin había llegado el tan esperado momento. Estaba convencida de que ese joven "francés" (otra mentira más) era el amor de su vida. Por primera vez a su corta edad descubrió lo que definen como amor a primera vista y se dijo una y otra vez, que al fin había conseguido a su media naranja. También justificó el hecho de no haberlo logrado con anticipación, a la obvia razón de que se encontraba rodando en otro continente.

Un millón de ilusiones llenaron su cabeza inocente. Cuando le pregunté si se arrepentía, se apresuró en responder que por nada del mundo hubiera renunciado a una historia de amor tan maravillosa.

Me causó mucha gracia cuando Elsa me contó, que después de la primera cita, su amiga le dijo con tranquilidad que Carlos quería que le presentara a otra amiga. Según él, la joven no estaba lo suficientemente interesada. Como era de esperarse, Elsa amenazó a su amiga de muerte si no la ayudaba a conseguir una segunda cita con el joven.

Así fue como los encuentros se sucedieron una y otra vez, hasta que se estableció una relación sólida y duradera que trascendió los límites de la existencia.

Carlos nació en el Líbano, un país asediado por la guerra, entre bombas y conflictos bélicos, en un hogar en el que convivían once hermanos, cada uno con dos años de diferencia entre sí. En su niñez, pasó varios días, -quizás semanas-, oculto en el subterráneo de su casa y aun así, creció feliz. En su encierro aprendió la importancia vital de la familia y desarrolló un enorme sentimiento de orgullo por su nación. Siempre luchó por el bienestar de sus seres amados. Para él, éxito rimaba con dinero. Se esforzó en buscar la riqueza económica, olvidando por momentos que existía otra forma de triunfar en la vida.

En su juventud, este personaje discreto, alegre y de humor ligero, quiso creer en un futuro diferente. Las oportunidades de trabajo en Beirut han sido siempre escasas y los testimonios de éxitos se encontraban más allá de sus fronteras.

Un día escuchó que era posible ir a un pequeño país petrolero, llamado Venezuela, en el cual la gente se hacía rica de un día al otro. Como todo emprendedor, no lo pensó ni un instante, cuando su hermano mayor le ofreció la ocasión de hospedarlo en ese lejano lugar a cambio de un poco de ayuda en el abasto que tenía en Ciudad Ojeda.

Lleno de ilusiones hizo escala en París, donde vivía otro de sus hermanos mayores, antes de atravesar el Atlántico y llegar a las prometedoras y cálidas tierras venezolanas.

En principio, Elsa y Carlos comenzaron a verse a escondidas. La joven, empezó a infringir normas y límites para poder verlo. Una de sus anécdotas más memorables, fue cuando atravesó casi la mitad del país para hacer una ida y vuelta Maracay-Calabozo-Maracay en un día y en autobús El vehículo en el que se fue se accidentó en el camino, ya podrán imaginar el escenario en las precarias carreteras venezolanas y con ese calorón. Solo le dio tiempo para llegar, darle un caluroso beso a Carlos y regresar llorando.

Fueron años gloriosos, llenos de ese amor frenético y desmedido de juventud. Muchas veces me pregunté, si ese efusivo amor era realmente correspondido...Ella lloró tanto para conquistarlo y existieron tantas diferencias culturales que los alejaban...

Pude saber que antes del inevitable final, la pareja pasaba por una crisis matrimonial sin precedentes, aunque tengo que reconocer, que a pesar de que los actos de Carlos muchas veces no fueron consecuentes...en numerosas ocasiones demostró con vehemencia que la amaba, simplemente...tal vez ya era demasiado tarde, cuando la relación se preparaba inesperadamente a acabar. A pesar de las dudas, mi amiga prefiere creer que ese amor eterno fue y sigue siendo correspondido.

Hubo dos momentos de intenso sufrimiento durante la relación de noviazgo de estos jóvenes. El primero sucedió durante un período oscuro, en el cual Carlos dijo que iba a Italia (luego descubrió que tampoco aquello fue cierto). Se fue por un período de tiempo relativamente corto, que para Elsa fue toda una eternidad, ya que dejó de comunicarse con ella. La joven pensó que ese gran amor de ensueños había llegado definitivamente a su final. Muchas veces lloró creyendo que esa sería su primera desilusión amorosa. Sin embargo, no fue así y toda esa tristeza forma ahora parte de un simple y triste episodio en su vida. -*Me pregunto si en ese entonces, Carlos pensó en quedarse en el Líbano*- (supe luego que ese fue el destino real de aquel viaje).

A medida que escribo, trato de reconstruir la verdadera historia de ese hombre.

Una segunda y verdadera decepción llegó a la vida de Elsa pocos meses después del regreso de Carlos a Venezuela. Él la llamó para informarle que se encontraba recluido en un centro de retención penitenciaria en la ciudad de San Carlos. Elsa hizo lo imposible para atender a su llamada y consiguió rápidamente una excusa para correr a verlo. Esta sería realmente, la primera vez que la cruda realidad llegaría a nublar completamente esa burbuja de cristal que con tanto esfuerzo construyó a su alrededor.

Bajo ninguna circunstancia, algún familiar de Elsa podía enterarse, de que su gran amor se encontraba en prisión. Ahora que vive en Europa, sabe que solo las personas que han tenido la ocasión de conocer las entrañas de los países latinoamericanos, pueden imaginar la inmundicia de lugar con el que la pobre se encontró. Ella estaba acostumbrada a ver la vida en rosa, aun cuando pudiera estar siendo perseguida muy de cerca por una serpiente (este fue un episodio real en la vida de Elsa).

Un profundo sentimiento de lástima e inmenso dolor la embargó. De costumbre había visto a Carlos bajo su mejor cara: perfumado y de punta en blanco para impresionar a su enamorada. Sé que fue una enorme desilusión, haberse encontrado con aquel despojo de hombre. En aquella ocasión él estaba completamente sucio, maloliente, despeinado y en una pequeña e inmunda habitación oscura acondicionada para las visitas de tránsito. Apenas si Elsa me pudo describir dicha escena con detalles. Su magnífico mecanismo de protección, se encargó de borrar de su memoria este oscuro y doloroso episodio.

Ese día, la bola de cristal en la que Elsa se encerró, se fracturó. Su sueño del amor perfecto se esfumó. La hermosa fotografía de familia que muchas veces imaginó, en la cual mamá, papá y niños salen sonrientes, posando para la foto de navidad, se acababa de hacer completamente añicos.

Pensé que no iba a regresar. Creí que lucharía con todas sus fuerzas para poner fin a esa relación. Ella no lo veía así…pero estaba muy joven y tenía toda la vida por delante. Todavía podía recomenzar. El hombre de su vida no podía ser él. Su futuro no debía verse reducido a tener que acompañar a sus hijos a ir a visitar a su padre a la cárcel. Bajo ningún pretexto Elsa debía construirse un futuro tan mediocre.

No era la primera vez que esta muchacha se empeñaba en borrar por completo un doloroso episodio en su vida. Cuando era niña vivió lo que yo pienso fue su experiencia más lamentable. Sin embargo, no lo comentaré por respeto a nuestra amistad. Estoy segura que fue después de esta experiencia, que construyó esa bola de cristal a su alrededor, en la cual se encerró cada vez que vivió un momento difícil, creyendo que eso la volvería inmune al sufrimiento.

Al poco tiempo, Carlos salió de prisión. Finalmente, existen delitos más graves que verse implicado muy indirectamente en un oscuro negocio de estafa.

Una vez en libertad, para tratar de recuperar la confianza de Elsa, le prometió que nunca más se vería inmiscuido en este tipo de negocios. Le confesó, que su experiencia en la cárcel había sido traumática y que bajo ninguna circunstancia volvería a poner en riesgo su vida de tan triste manera.

Carlos necesitaba ganar nuevamente la confianza de Elsa. Para que ella se quedara más tranquila decidió abrir una librería, en la cual depositó toda la esperanza de conquistar, en completa legalidad, el éxito económico que tanto anheló.

El corazón de la joven protagonista es débil y terco. La razón perdió la batalla una vez más y la moribunda llama del amor que quedaba en ella volvió a brillar. Elsa confió nuevamente, aunque lamentablemente su relación nunca fue igual.

Con el paso de los años, todo tomó un rumbo de extrema normalidad y tranquilidad. Aparentemente demasiada, después de que Elsa se acostumbró a vivir entre profundas intensidades.

Para la fortuna de ambos, nunca más volvieron a verse involucrados en una situación similar. Sin embargo, nuevas experiencias vinieron a perturbar la tranquilidad de esta joven pareja.

CAPÍTULO IV

La muerte pasa de visita

Cuando todo parecía haber retomado su rumbo, hasta el punto de convertirse en una relación rutinaria y un poco aburrida, otra fuerte experiencia vendría a sacudir la vida de Elsa. En este caso no tendría nada que ver con ese gran amor.

El día más inesperado, Catalina, que siempre había disfrutado de una salud envidiable, empieza a sufrir de dolores inexplicables. Esta sólida mujer se encontró incapacitada para trabajar por primera vez en años. Lamentablemente, no fue por un día ni dos, sino que fue para siempre.

Elsa guarda un hermoso recuerdo de su madre. Me dice, que prefiere recordarla como fue antes de ese fatídico momento. Sé que muchos de ustedes la hubieran querido conocer. Los afortunados saben que fue una dulce y bella mujer, llena de vida. Tenía una voz melodiosa y cantaba mientras trabajaba. Poseía una energía inagotable y perfumaba la casa de inolvidables aromas de recetas caseras que sabían a gloria. Siempre fue la cómplice y confidente de su hija. Fue la única en saber el dolor que atravesó cuando Carlos estuvo detenido en prisión.

Imposible que Elsa no extrañara esta fantástica mujer, cada vez que conquistó un logro o cada vez que se encontró sumergida en un fracaso. Cuando volvió de cada viaje o cuando recibió cada diploma. ¡Cómo podía no echarla de menos! Cuando al fin llegó el tan esperado día de su matrimonio o cuando fue su turno de convertirse en madre y ama de casa. Se que ha sido y sigue siendo su invitada de honor en cada momento especial. Una vez me confesó, que sintió la visita de su madre, la cual vino acompañada de un agradable perfume a rosas que impregnó el lugar. Igualmente me comentó que la sabia bien, que las pocas veces que había soñado con ella la ha visto con su sonrisa de siempre. También me dijo que sitió en esos sueños un amor que la envolvía.

A Catalina le encantaba complacer a los demás. Era capaz de preparar los platos tradicionales al mejor estilo Scannone*, sin tener que ver la lista de ingredientes o seguir el procedimiento de preparación al pie de la letra. Siempre cocinó en compañía de Esther. Ambas trabajaban en inexplicable complicidad. A la hora del almuerzo, no paraban de acusarse mutuamente, señalando que no había sido una, sino la otra, la que había preparado tan fabuloso manjar.

*SCANNONE: AUTOR DE « MI COCINA A LA MANERA DE CARACAS, MUY POPULAR EN VENEZUELA ».

En la casa de los abuelos eran casi siempre nueve personas las que comían a la hora del almuerzo cada día: Esther, el abuelo Hernán, el tío menor Gilberto, Ernesto, Catalina, Soledad, Elsa y sus dos primos paternos contemporáneos: Jason y Víctor. No todos almorzaron siempre en casa de los abuelos. En diferentes épocas fueron más o menos a compartir ese maravilloso momento, hasta el punto de convertirse durante mucho tiempo en un momento sagrado y privilegiado de la vida de cada uno de ellos.

La abuela y la mamá de Elsa se encargaban de preparar un festín para toda la familia. Catalina acudía cada día a ayudar a la señora Esther en los quehaceres del hogar, mientras que Ernesto su padre, Soledad y sus hijos, pasaban solo a almorzar.

Complacer a todos nunca fue un reto para aquellas dos maestras del hogar. El abuelo no paraba de preguntar con insistencia, cuándo sería el turno de las más jóvenes de la casa de hacer tan exquisitas preparaciones. Elsa reconoce haber desaprovechado un momento privilegiado para aprender, mientras que Soledad pudo observar las preparaciones durante años y le terminó sirviendo para ganarse la vida, una vez que se encontró en el exilio, muchos años después. La más joven estaba muy ocupada, disfrutando del bienestar que le concedía el hecho de vivir encerrada en su bola de cristal, ignorando completamente que la vida no sería perfecta para siempre.

Los postres y sobre todo las tortas, eran sin duda una de las pasiones y talentos de Catalina. Ella, era capaz de preparar en un abrir y cerrar de ojos el más suculento pastel, justo con los ingredientes que tenía a disposición.

Estoy segura de que muchos suspiraban al saber que Catalina formaría parte de la siguiente reunión. La certeza de comer a gusto y disfrutar de la mejor torta de la región, estaban completamente garantizados. Cada uno de sus pasteles tenían un sabor y una esponjosidad que solo Eduardo, el único hermano materno de Elsa, fue capaz de reproducir una vez que su madre partió de este mundo.

Fue muy triste darnos cuenta como en menos de tres meses, la luz y la alegría de esta extraordinaria mujer, se vieron completamente marchitos en tan corto tiempo. Fue como que si el peso de 20 años hubiera caído de un golpe sobre sus hombros. Con tan pocos recursos económicos, el mieloma múltiple que le diagnosticaron, terminó socavando la moral de toda la familia. Seis largos meses después de la aparición de los primeros síntomas y cansados de lidiar de un hospital a otro, sin encontrar un rumbo fijo y en manos de una enfermedad que nunca mostró alguna mejoría, establecieron el diagnóstico y luego, los exámenes se multiplicaron y los tratamientos paliativos se sucedieron.

Después de mucho luchar, Elsa consiguió la quimioterapia y un lugar en un pequeño hospital de Palo Negro, una ciudad aledaña a Maracay, para llevar a cabo la primera sesión.

Días más tarde, Catalina agonizó en ese mismo hospital. Elsa pasó el día entero a su lado, al igual que lo hizo innumerables veces desde el inicio de su enfermedad. Nunca pensó que esa sería la última vez. Ella cuenta que muchas veces le dijeron que su madre no viviría mucho. Sin embargo, Elsa guardaba la esperanza de poderle entregar su título de licenciada en Bioanálisis, como tantas veces su abuela le dijo que debía hacer.

Es impresionante como nos aferramos a los seres que amamos, y cuánto nos cuesta resignarnos a la idea de una despedida definitiva.

A tempranas horas de la noche y bajo la insistencia permanente de su familia, la joven se despegó del regazo de su madre y se fue a estudiar a casa de una compañera de estudios. Al día siguiente hubiera presentado su examen final de físico-química, pero el doloroso episodio de perder a su madre tuvo lugar. El 13 de junio de 2000 se preparaba para terminar el tercer año de su licenciatura.

El examen tuvo lugar, aunque Elsa no estuvo presente. Su padre la fue a buscar, poco tiempo después de haber llegado a estudiar a la casa de su amiga. Esta era la primera vez que una despedida para siempre tocaría a la puerta de esta joven mujer… y lamentablemente no sería la última ocasión.

En menos de un año, a pesar de todos los esfuerzos y el apoyo familiar, la muerte alcanzó sin piedad a su madre y arrancó de esta vida el sublime regalo de su existencia.

Cuando eres joven crees que tus padres siempre estarán aquí para acompañarte. Elsa creció con su abuela y como era de esperarse la amó tanto como se puede amar a una madre. Siempre se preparó para el día de su partida, nunca imaginó que sería a su joven madre y no a la anciana a la que le tocaría el turno en primer lugar. A sus escasos 23, Elsa comenzaba a vivir, al igual que su hermano Eduardo que solamente tenía 21 años.

En tan tristes circunstancias, la relación entre Carlos y la protagonista se había deteriorado considerablemente, hasta el punto que recientemente había llegado a su final. La enfermedad de Catalina abarcó toda la atención de Elsa y la insistencia de su abuela no le permitía flaquear en los estudios.

El día del entierro de Catalina, reaparece en la vida de Elsa esa figura masculina protagonista. Carlos no lo pensó ni un instante para irla a acompañar en ese difícil momento. La señora Esther y Ernesto se encargaron de hacerle saber.

En ningún momento El joven se separó de ella, al igual que no lo hizo durante muchos episodios de la enfermedad de su madre. Aun así, la decisión estaba tomada. Carlos había comenzado a vender y regalar lo poco que había acumulado durante sus cuatro años en el país. Aunque, no dudó en preguntarle una vez más si estaba segura de su decisión. En ese momento los enamorados entablaron el pacto secreto de permanecer juntos hasta el día de su partida, pretendiendo saber que sería el final de esa hermosa historia de amor.

Un año después fue el turno de su tío el menor. Un glorioso músico que, en su temprana juventud, logró ser el primer violín de la reconocida orquesta sinfónica de Caracas. Él la hizo soñar en su niñez, con la ciudad del amor, la cual se convertiría más tarde en su morada.

Su tío Gilberto, el violinista, llegaba siempre arreglado, sonriente y con un regalo para su sobrina favorita: la consentida de la casa. Elsa vivía aún en casa de sus abuelos cuando su tío regresó de Europa y se instaló a vivir con ellos.

La casa de Andrés Bello, fue construida por el padre de Elsa, el ingeniero civil de la familia. La misma fue concebida para albergar estrictamente a cada uno de los integrantes: Elsa, sus abuelos y su tío menor, aunque también había un cuarto para los amigos.

Era una casa muy hermosa, localizada en una de las mejores urbanizaciones de la ciudad de Maracay, en ella nuestra joven protagonista pasó toda su adolescencia. Recuerda con enorme alegría la libertad que le proporcionó poder vivir en un lugar relativamente seguro, a esa edad en la que salir de fiestas con los amigos del sector y quedarse conversando en la calle hasta altas horas de la noche, tenía un valor inestimable.

Cuando el virtuoso músico se encontraba en la cúspide de su carrera, sus padres lo apoyaron para ir a realizar su sueño y profundizar su talento en la orquesta sinfónica de París.

Elsa solo recuerda, que en algún momento lo fueron a buscar al aeropuerto y cuando lo vio ya no era el mismo. Ahora tenía los cabellos largos y no olía tan bien. En aquel momento era un hombre moreno, alto, delgado y con una maravillosa cabellera lisa, negra y espesa. Ella jugó muchas veces con su tío, en su rol imaginario de peluquera, él era complaciente, y bajo su insistencia le permitía jugar con sus cabellos, sus pies y hasta con su piano. La joven recuerda las horas que pasaba su tío haciendo sus ejercicios musicales y entonando su violín. Se quedaba horas escuchando detrás de la puerta de su cuarto o del baño, mientras él tocaba. Muchas veces vio maravillada la belleza y perfección con la cual esos instrumentos, eran capaces de crear y emitir tan fantásticas melodías bajo la mano de su maestro.

Gilberto tenía la alegría característica de los músicos. En compañía de otro de sus tíos, solía amenizar las fiestas y/o reuniones improvisadas de familia. La admiración de Elsa por su tío el músico era inmensa, recordarle le suscita un agradable sentimiento de felicidad y añoranza. Una vez que se convirtió en emigrante, terminaría acostumbrándose a vivir con ese permanente y agridulce sentimiento de nostalgia.

Luego de su madre y su tío, fue su abuelo el que falleció. Ese hombre maravilloso que se convirtió también en un segundo padre para Elsa. Hernán fue siempre cuidadoso de conservar bien su posición de abuelo y no quiso nunca quitarle la autoridad ni la responsabilidad a su hijo Ernesto, además era un hombre sereno y un excelente relator de historias. Consintió a la pequeña tanto como pudo. Tenía una paciencia inagotable, estaba siempre sonriente y de buen humor. En su compañía, Elsa recorrió una buena parte de la hermosa campiña de su país; pero esta vez decidió partir en compañía de su hijo menor.

Unos años después de que Catalina se fuera de este mundo, Elsa me contó que su madre la vino a visitar. Me dijo que había llegado a ella a través de un sueño, que le tomó cariñosamente el rostro y que le susurró que todo iría bien. Pocas horas después se enteró de que su queridísimo abuelo había fallecido. A pesar de que el abuelo Hernán ya estaba mayor y le acababan de hacer una operación en la vías arteriales más importantes del corazón, ¡Elsa quedó impresionada! Acababa de dejarlo en casa, una vez que superó con éxito la intervención de coronarias. Todo fue confuso e inesperado para ella cuando se entero.

Una vez en París, cuando Julia, la hija mayor de Elsa cumplía apenas dos años. La protagonista terminó por despedirse para siempre del último integrante de su hogar en Venezuela. Su abuela Esther, esa madre sustituta o más bien adicional que la vida le regaló, terminaría por sucumbir por los años y la soledad. Esther también se esforzó por no quitarle la responsabilidad y la autoridad a los padres de su nieta. Fue una mujer rígida en la crianza, de carácter firme pero de humor alegre.

Para Elsa fue muy triste no poder asistir a su funeral y vivirlo en la distancia fue desgarrador. En menos de diez años, perdió a todas esas personas maravillosas que hicieron de su hogar y su niñez un lugar plagado de felicidad. Y una vez más parecía aceptar su destino con enorme resignación.

CAPÍTULO V

Una segunda oportunidad

Tres años después del fallecimiento de Catalina, Soledad le regaló su viejo teléfono celular a su sobrina. Elsa no lo podía creer cuando recibió la llamada de Carlos, el cual había encontrado el número de su tía en el fondo del cajón de los recuerdos. No tardó ni un minuto en tratar de contactar a la tía de su amada. Él mismo no lo podía creer cuando fue la jovencita quien respondió.

¡Ella brincaba de alegría! Hacía un momento que pensaba intensamente en él. Había intentado rehacer su vida amorosa una y otra vez sin ningún éxito. Estaba tan cansada, que le había dicho a su abuela entre lágrimas, que si no se casaba con él, no se casaría nunca.

A pesar de los momentos de flaqueza, Elsa no tenía ningún medio para comunicarse con Carlos… y fue así como se dio el inicio a una segunda y breve oportunidad en la vida de estas dos almas gemelas.

Cuatro años después de que Elsa se despidiera de Carlos en Venezuela, él ya estaba viviendo en París, así que invitó a su antigua novia a pasar el verano a su lado. Entre dudas, incertidumbres e ilusiones decidió aceptar.

Fue un viaje maravilloso. La joven descubrió por fin, la fantástica ciudad del amor. Estaba tan incrédula como feliz. No podía creer lo que estaba viviendo. Le dijo a ese hombre que tanto amó, que hasta que no viera la torre Eiffel no aceptaría que estaba en París, eso causó una sonrisa en Carlos.

Una vez delante de la dama de hierro, se rieron recordando su paseo seis años antes por el centro comercial París en la ciudad de Barquisimeto. En aquella época, se tomaron un café y desayunaron croissants mientras se atrevieron por un instante a soñar que se encontraban realmente en Francia.

Fue un magnífico verano, París parecía vestirse de gala antes sus ojos maravillados. De todos sus viajes, esta travesía ha sido la más fabulosa y llena de ilusiones en su existencia.

Ella había terminado para ese entonces su licenciatura en bioanálisis y después de dos años de carrera profesional, había ganado una beca para hacer un máster en el Instituto Venezolano de Investigaciones Científicas (IVIC), un reconocido instituto de investigación de su país. Sin embargo, ahora estaba dispuesta a abandonarlo todo por amor. No obstante, Carlos no estaba preparado para eso. Acababa de instalarse en Francia y su situación legal era aún muy incierta, así que prefirió ser sincero y le confesó que aquel no era el mejor momento para formalizar una relación.

Una vez transcurridas una de las dos semanas más maravillosas de su vida, en las cuales juntos recorrieron toda la ciudad y Elsa quedó embriagada por la belleza del Museo de Louvre, el Sena, Disneyland París, el centro de arte moderna George Pompidou, la fastuosa avenida Champs Elysee, la plaza Saint Michel y la majestuosa Catedral de Notre Damme. La joven regresó a su punto de partida con el corazón roto, las manos vacías, además de una vida por delante a reconstruir.

Durante los tres años que siguieron, Elsa se consagró por completo a sus estudios y profesión. Comenzó su máster en el IVIC y allí pasó unos años maravillos...entre libros, revistas científicas en inglés, fiolas, electroforésis, PCRs, clases y seminarios. Hizo nuevos amigos y por un momento se olvidó por completo de ese gran amor y no se preocupó por un tiempo en incursionar en sus sentimientos.

Cuando se disponía a escribir su tesis de grado, descubrió el Messenger... y con él...Carlos volvió a aparecer.

Un año después, fue Carlos el que regresó a Venezuela. Elsa descubrió que su corazón aún latía por ese viejo amor. No obstante, ahora era desconfiada y le advirtió que solo se iría con él a París, si se casaban previamente. Además, tenía claro que antes debía terminar su tesis. Entre otras cosas impuso condiciones: le exigió, que la inscribiera en un curso de francés y que le instalara una conexión ilimitada de internet para no perder el contacto con su familia.

Otra vez, el joven y apuesto caballero supo llenarle la cabeza de ilusiones, alegando que no tendría problemas para integrarse, y que muy pronto estaría resplandeciendo con su profesión en París.

Contrariamente a los pronósticos de Carlos, la adaptación de Elsa fue simplemente nefasta y devastadora. Nunca dejó de reprocharle que había dejado todo por él. Muchas veces insistió en que se mudaran a España para hacer más llevadera su adaptación, pero él nunca lo aceptó. También le propuso regresar a Venezuela, lo cual siempre consideró una locura, teniendo en cuenta que a partir de 2010 la situación económica, política y social del país se empezó a deteriorar a gran velocidad.

Después de haber sido una mujer exitosa e independiente, Elsa perdió toda su seguridad en sí misma. Tardó ocho años en retomar una actividad profesional y mientras tanto se transformó en una mujer dependiente. Se convirtió en madre y viajó cada vez que pudo. No obstante, ser ama de casa nunca fue suficiente para ella. Siempre sintió que además de dedicarse a su hogar, quería hacer algo diferente en su vida.

Durante todo ese tiempo hizo innumerables esfuerzos para adaptarse y poco a poco logró la validación de un diploma de técnico de laboratorio, mientras que… su vida transcurrió… sin mayores ilusiones.

CAPÍTULO VI

Un antes y un después

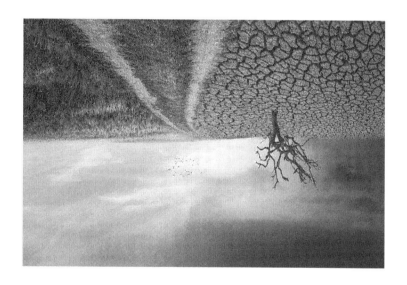

Al poco tiempo de encontrarse en el momento más feliz de su existencia, el destino se encargó de arrancarle todo de un tirón. Apenas acababa de cobrar su primer salario como técnico de laboratorio en el Establecimiento Francés de Sangre, su hijo Julián tenía nueve meses y Julia cinco años. Me contó que fueron muy extraños los días que precedieron ese fatídico final.

El 28 de febrero de 2016 Carlos y Elsa cumplieron siete años de matrimonio, que ella homenajeó en Facebook con una declaración pública de amor, en la que proclamó que estaba celebrando el año de la perfección divina.

No obstante sé, que esa era una relación que escondía un dejo de insatisfacción y cansancio acumulado. En ese momento era él, quien luchaba más por tratar de salvar lo que quedaba de esa larga relación, cargada de idas y venidas.

Hacía un tiempo que caminaban juntos por el centro comercial y veían a la salida del cine una disco. Cada vez que pasaban decían, que entrarían en la próxima ocasión. Un viernes antes del gran día, se repite de nuevo la misma escena. Sin embargo, en esta oportunidad Carlos no lo dudó cuando la jaló de un brazo y la hizo entrar en la discoteca. Bailaron como no lo habían hecho desde que eran muy jóvenes, muy al principio de la relación… unos veinte años atrás.

Al día siguiente se preparó para ir al parque y la pasaron con los niños. Le dijo exactamente: *"todo el tiempo trabajando y nunca nos damos el tiempo para disfrutar"*. Esto era exactamente lo que Elsa siempre le reprochaba.

Para la mayor de sus sorpresas ese domingo, apenas un día después, también se preparó con el mismo discurso y entusiasmo. Se fueron nuevamente al parque en compañía de los pequeños. Hacía mucho que no tenían tanto tiempo para compartir al exterior con los niños y en pareja, sin necesidad de estar con toda la familia de Carlos. Por otro lado, conversaron de cosas superficiales, de las cuales no tenían la costumbre de hablar. Entre ellas, le explicó cual era el costo de la vida en París, lo que para Elsa era todo un misterio, ya que en verdad nunca se ocupaba de llevar cuentas.

Otro día, encendió velas y dijo que eran para su madre, cosa que jamás había hecho con anterioridad, y también trajo un ramo de flores y enfatizó que no eran para ella sino para él. A Elsa le extrañó el comentario… y aunque no lo pudo entender en ese instante… tampoco le dio mucha importancia.

Unas semanas antes le dijo que escuchara muy bien porque no lo repetiría dos veces, ya que no le gustaba hablar de eso. Elsa sabía que era así, porque mucho antes había tratado de discutir sobre el tema y no había obtenido ninguna respuesta. *"Quiero que quede claro que si muero me gustaría que mis restos sean enterrados en el Líbano al lado de mi madre"*. Ella solo entendió a que se debía tan sorprendente aclaración muy pocos días después.

El lunes, Elsa y Carlos comenzaron su semana como de costumbre. Ella se levantó muy temprano y atravesó la ciudad de punta a punta para ir a su nuevo trabajo, que además la llenaba de mucha ilusión. Él se ocupó de dejar a Julia en su escuela maternal y a Julián con la niñera, unos pisos más arriba de su apartamento, en el mismo edificio.

Para regresar a casa, tenían la costumbre de encontrarse en el tren. En esos días se llevaba a cabo la copa Europa y el RER B estaba completamente saturado con fanáticos frenéticos que gritaban consignas hasta la estación "Stade de France". Por esta razón, a veces no tenían la ocasión de verse hasta llegar a la estación "Le Bourget" que era la más cercana a su hogar. Luego tenían que caminar unos quince minutos para llegar.

Ese mismo lunes 25 de julio de 2016, Carlos le dijo que no se sentía muy bien. Le remarcó que lo esperara en la puerta del tren en la "Gare du Nord" para que se pudieran ver. Tal como él lo solicitó, Elsa lo esperó y lo buscó hasta encontrarlo en la estación del tren. Continuaron el trayecto juntos y lo compartieron por última vez, sin siquiera saberlo.

Al igual que esos últimos días, Carlos no paraba de decir cosas que estremecían a esta mujer y que no podía comprender. Se pudo percatar que Carlos estaba muy triste, como que si supiera que estaba viviendo sus últimas horas al lado de su gran amor. La joven trató en vano de animarlo. No paraba de decirle que se tranquilizara que nada pasaría. Él continuaba a repetir cosas extrañas, como por ejemplo que se ocupara bien de los niños. Elsa enseguida replicó que ella sola no lo podía hacer, que necesitaba de él.

Trató de ir lo más rápido posible a recuperar a los niños. Primero recogió a Julián en casa de la vecina y en vista de que Carlos no se sentía bien, le dijo que dejaría al pequeño en su corral para más seguridad. Fue lo más rápido que pudo a recuperar a Julia. Apenas llegó puso a comer a la pequeña quien extrañamente obedeció de inmediato. Cuando fue a buscar a Julián se dio cuenta que estaba hecho caca, así que lo lavó y vistió rápidamente mientras trataba de animar a Carlos al mismo tiempo. Él le pidió que lo abrazara y le dijo que no se preocupara que muy pronto todo pasaría.

Elsa nunca pensó, ni se percató de que era el final. Después de abrazarlo comenzó a temblar. Elsa se agitó y comenzó a pedir ayuda. Julia se acercó para ver qué pasaba y su madre le pidió que se marchara para que no viera a su padre en plena crisis. Con el bebé en los brazos y a medio vestir, logró llamar la atención de los vecinos, quienes la ayudaron a llamar al "SAMU" Servicio de Asistencia Médica de Urgencia. Sin embargo, todo pasó tan rápido que fue demasiado tarde. Otro vecino se acercó inmediatamente hasta el apartamento para hacerle un masaje cardiovascular a Carlos. Lamentablemente de nada sirvió, la tangente del destino ya había tomado la decisión. Al poco rato lo sacaron en ambulancia hasta el hospital Saint Louis y uno de sus hermanos vino a buscar a la joven.

Los niños se quedaron con su cuñada y los hijos de aquella dama. Elsa se fue al hospital, conociendo de antemano el veredicto, pero sin quererlo aceptar.

Una vez hecha la declaración oficial de su fallecimiento, la invitaron a ver el cuerpo. Después de haber vivido la muerte de su tío, su madre, su abuelo y su abuela, nunca imaginó que este dolor superaría con creces al que nunca antes había sentido.

Ese mismo día, Elsa tuvo que responder la fatídica pregunta, de qué hacer con el cuerpo. Para ella estaba claro, hacía nada que Carlos le había dado las indicaciones precisas: sus restos serían trasladados y enterrados en el Líbano al lado de su madre, tal como él le había manifestado en una de sus últimas conversaciones. Ella se ocuparía como nadie de sus hijos, tal como él se lo pidió.

No se preguntó cuánto podía costar y mucho menos si tenía el dinero suficiente para pagar. Sumergida en su propia ingenuidad, pensó que los hermanos de Carlos se ocuparían de solventar. Lo único que tenía claro, era que en su cuenta quedaban solamente 200 €.

Cuando llegó a la casa, los niños dormían y Víctor, uno de sus primos paternos que recientemente se había instalado en París la estaba esperando para hacerle compañía. Esta sería la noche más negra en la vida de Elsa. Todavía llora cuando la recuerda, aunque trata en lo posible de no hacerlo, para no llamar a ese profundo sentimiento que la sumerge en la tristeza.

Aquella noche no durmió y tampoco paró de llorar… al menos durante los quince días consecutivos que la sucedieron. Era más fuerte que ella, aun luchando con todas sus fuerzas no se podía resistir. Las lágrimas no paraban de deslizarse por su rostro, aun cuando ella lo quisiera evitar. Al día siguiente, esperó hasta una hora prudencial para llamar e informar en su trabajo. Llevó a Julia a la maternal y a Julián donde su niñera.

En horas de la mañana llegó el encargado del consulado libanés con uno de los hermanos de Carlos. Reclamó los documentos necesarios para el traslado del cuerpo y le mostró a Elsa un folleto lleno de cofres de sepultura para que pudiera escoger. Al final, le entregó una factura que excedía los diez mil euros. El encargado no le pidió ningún adelanto, solamente le dio la hora y la dirección, en la cual se debía presentar, para entregarle al día siguiente la suma de dinero y el último traje que llevaría Carlos en su sepultura.

Una vez que el encargado de la embajada se retiró, el hermano de Carlos no demoró en solicitarle el dinero. Elsa contestó que no lo tenía, a lo cual Sergio respondió muy confiado: *"seguro que Carlos dejó algo guardado en algún lugar"*. Ella le dijo que no sabía y que con el shock había olvidado la clave de la caja fuerte. Sergio se enfureció y comenzó a golpear el cofre de metal con un martillo. Elsa le rogó que se calmara y al mismo tiempo, se dio cuenta que con los golpes se había despegado una pestañita plástica, que dejó al descubierto una pequeña cerradura. Inmediatamente buscó el llavero de Carlos y consiguió la llave que abrió la caja fuerte. Hasta el día de hoy no ha podido recordar la clave y sigue abriendo el cajón con la misma llave, aunque nunca más dejó dinero en su interior. Adentro del cofre había dinero suficiente para pagar la factura.

A las cuatro y media de la tarde, la casa estaba llena con toda la familia de Carlos. La gran mayoría estaban vestidos de negro. Cuando fue a buscar a Julia, la pequeña quedó impresionada y no paraba de ver a todos los que estaban a su alrededor. Finalmente preguntó: *¿Porqué todos estan vestidos así?* Elsa no le respondió y asumió que Julia lo había entendido. La pequeña miró a su madre y la abrazó, más bien como en modo de consuelo, lloraron juntas por un minúsculo momento y luego se fue a jugar con sus primitas paternas.

Durante las horas que siguieron… se compraron los billetes para viajar dos días más tarde al Líbano para asistir al funeral y entierro de Carlos. Tomaron la decisión de llevar a Julián y dejar a Julia en París, la cual se quedó con una de sus cuñadas, para así tratar de evitarle el sufrimiento.

CAPÍTULO VII

De regreso a la realidad

Fue una vez en París, y después de haber vivido la inédita experiencia del entierro de Carlos, que cayó por primera vez en la cuenta de que se había quedado completamente sola. Que esta vez no tenía a esa persona a su lado que la acompañaba y la sostenía cuando más lo necesitaba. Además, entendió que debía hacerle frente a la vida, esta vez en solitario. Supo que el regalo más hermoso que recibió de parte de Carlos estaba ahora bajo su única protección. El futuro de sus hijos y el suyo propio, dependían exclusivamente de ella.

Tuvo que internalizar al menos veinte años de madurez en menos de una semana.

En poco tiempo debía renovar su residencia, la cual dependía absolutamente de Carlos y las opciones que aparecían en la lista de admisión, no correspondían en ningún caso a su situación.

Su vida se debatía entre dejar el trabajo que acababa de empezar y por el que tanto luchó y sostener el negocio que Carlos le dejó y por el cual nunca se interesó. La segunda opción le daba la holgura de planificar su tiempo en función de las necesidades de sus hijos.

De un día al otro perdió toda su estabilidad familiar, justo cuando por fin había logrado construir la tan anhelada "familia perfecta" que tanto soñó. Carlos y sus hijos eran en tiempo normal su único refugio.

Por primera vez analizó en frío la opción de regresar a su país. A pesar de que este había sido siempre su gran anhelo, Carlos nunca lo consideró. Ella sabía muy bien que la situación política, económica y de seguridad, no eran las mejores, pese a ello, eran sus tierras y nunca más se volvería a sentir extranjera. Allá tenía una cantidad enorme de familia con quien contar, reconocimiento y amigos. Además con el alquiler de su apartamento en París tendría suficiente para financiar parcialmente sus necesidades económicas. Por otro lado, tenía a su disposición la vieja casa de sus abuelos, la cual estaba vacía desde que su abuela se fue de este mundo. No obstante, no paraba de escuchar las innumerables historias de venezolanos que arriesgaban sus vidas por abandonar el país en busca de un futuro mejor... y pensó... que en función de sus hijos debía buscar otra solución. En un instante entendió que su sueño de regresar a Venezuela, y cobijarse cómodamente en el regazo de su padre no era la mejor solución.

Estudió detenidamente sus debilidades y fortalezas y después de evaluar cada una de las opciones, decidió cambiar lo menos posible de cosas para evitar tomar decisiones importantes bajo la influencia de la desesperación.

Tan pronto como le fue emocionalmente posible retomó el trabajo. Vale la pena destacar que estaba en período de prueba. Hacía apenas un mes que había empezado a trabajar, con el agravante de ser su primer empleo especializado en París después de ocho años de inactividad profesional.

La obligación de levantarse cada mañana, vestirse y mantener la compostura delante de sus compañeros, fue fundamental para su recuperación. Todo eso la ayudó a fortalecer su carácter y la forzó a continuar.

Todavía no podía dejar de llorar cada mañana en el tren. Entre otras cosas me contó, que le daba vergüenza mostrarse de esta manera con los pasantes del lugar, pero se daba el permiso, para no angustiar a sus familiares o despertar ese sentimiento de lástima que nunca soportó de la parte de las personas que la conocían y se le acercaban.

Respiró profundo, abrazó a sus hijos con todas sus fuerzas y buscó ayuda. Imposible continuar sin una mano amiga.

Recibió muchísimas llamadas y mensajes de solidaridad y consuelo. Sin embargo, en ese momento necesitaba algo más para poder continuar. Necesitaba a alguien que la ayudara a ocuparse de los niños para que ella pudiera ir a trabajar y producir los recursos indispensables para garantizar su existencia y la de los pequeños. Por primera vez entendió a ciencia cierta lo que era llevar todo el peso y la responsabilidad de su familia sobre sus hombros. Un sentimiento que sin duda Carlos experimentó muchas veces, pero del cual nunca habló.

Se ríe cuando dice: - *Afortunadamente, la gente siempre ha creído que yo tengo mucho dinero...con frecuencia termino consiguiendo ayuda, pero paga. Muy pocas veces la he recibido gratuitamente. Pienso... que es esa abundancia económica que los otros ven en mí, lo que me ha permitido conseguir los recursos necesarios para continuar.*

Por medio de una prima de Carlos, encontró a alguien dispuesto a venir de Venezuela para ayudarle a cambio de casi nada. Gracias a esa persona, Elsa pudo retomar el trabajo al cabo de muy pocas semanas, lo cual le otorgó la seguridad que tanto ansiaba y además le permitió volver a organizar su vida, mientras seguía cotidianamente luchando por comprimir el inmenso dolor que consumía su alma.

Por otro lado, estaba el negocio de Carlos: una pequeña tienda de reparación y venta de teléfonos ubicada en Barbes, una comunidad modesta y agitada de París.

Por primera vez trató de entender lo que pasaba en ese lugar. La mano derecha de Carlos, conocido como Mohamed, es una persona de oro, con un enorme corazón y una honestidad de acero. Sin duda alguna, una persona excepcional, como esas que verdaderamente escasean. Su único defecto era no tener documentos para trabajar. Imposible para Elsa prescindir de su valiosa colaboración a menos de tomar la decisión de cerrar.

Un mes después del brusco cambio de vida. Había que tomar una decisión importante: continuar o cerrar definitivamente el negocio. La renovación del contrato de alquiler del local requería de una suma astronómica a consignar. Elsa entendió finalmente, porque la caja fuerte tenía aquella cantidad tan importante de dinero en su interior. Seguramente Carlos había pasado todo el año ahorrando para tener la cantidad necesaria para renovar el alquiler anual. Después de contar, se dio cuenta que lo que quedaba no era suficiente para pagar la cuota solicitada para renovar el contrato. Aún así, con la ayuda y la insistencia de Mohamed logró completar lo suficiente y decidió continuar. Mohamed necesitaba un empleo para poder regularizar su situación legal. Continuar le daría a Elsa un año para:

1) Aclarar su situación laboral, en medio de la incertidumbre de su contrato temporal.

2) Dilucidar su situación legal asociada a su próxima e incierta renovación de residencia y

3) Ser solidaria a la buena voluntad y proceder de Mohamed.

Todos los documentos del negocio estaban a nombre de Elsa, incluso antes de la inesperada despedida de su esposo.

El balance económico del negocio no era nada alentador. Las deudas eran importantes; la administración era todo un caos. No obstante, Mohamed calmó a Elsa y le aseguró que él se encargaría de todo. No solo por su necesidad de empleo, sino también en memoria de ese gran amigo que acababa de perder. En resumen: llegaron a un acuerdo de solidaridad y decidieron continuar juntos con ese proyecto.

Durante nueve meses todo funcionó tranquilamente. Mohamed se ocupó de abrir y cerrar el negocio cada día, vender, buscar y pagar la mercancía, solventar a los vendedores y además también pagó el alquiler del local y cubrió incluso los gastos de arriendo del apartamento en el que Elsa vivía con sus hijos.

Con el dinero que ganaba Elsa tenían suficiente para comer, costear el colegio de los niños, salir de vez en cuando y dar una ayuda a Lucía, la joven que vino de Venezuela a socorrerla. Ella se quedaba con Elsa y los niños durante toda la semana y los fines de semana partía a casa de sus primas. Sin embargo, Lucía descubrió poco tiempo después que estaba embarazada, así que tuvieron que improvisar nuevamente. Lucía regresó a Venezuela y fue después, que una de las tías maternas de Elsa, vino a acompañarla y a ayudarla con los niños. Esto significó sin duda una ayuda inestimable para la joven. Poder contar con alguien de confianza para dejar a sus hijos mientras ella salía a trabajar y no tener que llegar a ocuparse de todos los quehaceres del hogar al llegar, le dio sin duda un enorme respiro.

Elsa también decidió contar con uno de sus hermanos para que le ayudase con el negocio. Sin embargo, fue una ayuda que terminó pagando muy caro. Después de haberle pagado el pasaje, seguro médico, el curso de francés necesario para que pudiera tramitar la visa y además costear las gestiones administrativas para su inscripción como empleado y ofrecerle su hogar. Terminó trabajando solo por unos pocos meses y luego desapareció, sin nunca más preocuparse por el futuro de su hermana viuda ni aquella de sus sobrinos huérfanos. A pesar de que a mi parecer, lo rescató en cierta forma de la difícil situación que llevan en Venezuela, la gran mayoría de jóvenes recién graduados, lo cual era el caso de Javier.

Nueve meses más tarde de que Mohamed se ocupara completamente del negocio, Elsa recibió una llamada en la que le informaron que su empleado se encontraba detenido, debido a su situación ilegal en el país. La joven gerente fue acusada por contratación indebida del personal, mientras que su amigo y empleado cinco estrellas, recuperó afortunadamente su libertad en pocas horas. Después de haber pagado una multa por 500€ pensó que había pasado lo peor. Simpatizó con uno de los policías que llevó su caso y este le recomendó cerrar el negocio cuanto antes.

Cuatro meses después, con el dolor de su alma, y muchísima pena por Mohamed, quien además de su empleado fiel se convirtió en un gran amigo. Elsa decidió cerrar el negocio para siempre y lo hizo con lágrimas en los ojos, tratando de no pensar en la incertidumbre que la embargaba el hecho de no saber como haría para asegurar su avenir. Por otro lado sintió una enorme opresión en su corazón, al darse cuenta que con esta acción, terminaba por completo con otro proyecto más, de los que Carlos construyó en vida, con tanta vehemencia.

Una vez más aceptó con humildad las enseñanzas que le ponía la vida por delante, sin embargo no dejaba de sentir un dejo de injusticia, inmersa en toda aquella situación.

Había perdido algo muy sagrado en su vida. Carlos además de haberle otorgado su más precioso regalo, y me refiero sin duda a sus hijos, también fue un esposo fiel, responsable, amoroso y un amigo sin igual. Cualquier evento que la pudiera perturbar en aquel instante no tendría jamás una trascendencia fundamental. Lo único que cobraba importancia en ese momento, era el bienestar de sus pequeños. Todo lo demás quedó en segundo plano.

Todos los hermanos de su difunto esposo tienen el mismo tipo de negocio en Barbes. Carlos fue el gran precursor. Cuando vieron que funcionaba, él los formó y cada uno de ellos siguió su ejemplo. De más está decir que todos han tenido en algún momento empleados sin papeles. Sin embargo, era necesario que fuera a Elsa la que le cayera el control, sino… ¿ Cómo podría haber conocido a la persona que la ayudó a salir más tarde del letargo emocional en el que quedó?

Elsa terminó entablando una relación de amistad y más tarde de amor con el policía que se encargó del procedimiento y control de su negocio.

Casi dos años después, la joven recibió una pena de infracción de 45.000 € por la falta cometida. Afortunadamente, al haber seguido las recomendaciones de su nuevo amigo, que ahora es su cómplice de vida, la pena fue catalogada no procedente, ya que la figura administrativa dejó de existir.

Algunos meses después del fallecimiento de Carlos, tocó la hora de ocuparse del tema de la sucesión. Una gran sorpresa le esperaba a Elsa, quien para ese entonces ya estaba cansada de ser sacudida sin parar. Abrió la enorme carpeta que su suegro le entregó. Tenía la esperanza de poder recuperar algo de lo que su esposo atesoró en el Líbano.

Aportó todos esos documentos incomprensibles y completamente desordenados a un par de abogados líbano-francés en la ciudad del amor. Quedó impactada con lo que descubrió. Ni en sus pensamientos más inverosímiles imaginó que algún día sería víctima de dicha revelación, que además nunca sospechó. Los abogados le informaron que la identidad libanesa de su esposo no correspondía a la identidad venezolana del mismo.

Para Elsa, Carlos había adquirido la nacionalidad venezolana de manera tradicional, por naturalización. Sin embargo, los documentos que ella le dio a sus abogados demostraron una impactante realidad. Elsa quedó completamente en shock. Por un momento sintió que su realidad se desvanecía al igual que su cuerpo. El descubrimiento que acababa de hacer, le obligaba a reestructurar su percepción, así como sus planes del futuro prometedor que proyectó para su pequeña familia.

Según sus consultores, el hombre descrito en los documentos libaneses que Elsa no podía entender, no tenía nada que ver ni con ella ni con sus hijos. En esos papeles, no existía nada que pudiera demostrar que Carlos había estado casado con ella, o que el mismo hubiera tenido una descendencia. Bajo dichas circunstancias ellos no podrían nunca acceder legalmente a los bienes que Carlos había guardado y acumulado en el Líbano; un patrimonio que esos mismos abogados calcularon en aproximadamente 300 mil €.

Elsa investigó e hizo traducir una parte importante de esos documentos. En ese momento Entendió porque todo los que estaban a su alrededor el día que su suegro le entregó la enorme carpeta, temieron por su seguridad. Se sintió terriblemente engañada, pensó que si no hubiera sido por las tristes circunstancias que la llevaron a indagar, nunca habría descubierto la verdad.

Cuenta la historia, que el hermano mayor de Carlos viajó a Venezuela en un barco en el que se subió en Siria. Sin embargo, Elsa no sabe en qué momento su esposo y sus hermanos menores, terminaron sacando falsos documentos venezolanos.

¿Cómo destapar la olla sin que toda la familia de Carlos se viera hundida por completo?, ¿Cómo hacer para que no corrieran el riesgo de perderlo todo y se vieran deportados inmediatamente del país? (y con esto quiero decir de Francia). Ellos que a duras penas, como todo emigrante trabajador, se habían logrado construir un nuevo porvenir. Todas estas preguntas no dejan de revolotear en la cabeza de Elsa, desde que por desgracia descubrió esa cruda realidad.

Los miembros de su familia política nunca habían sido santos de su devoción. Sin embargo, ella sería incapaz de desearles o infringirles un miserable destino. Ella prefiere cargar con las consecuencias de no reivindicar dicha realidad y soportar solita sobre sus hombros la dura responsabilidad de forjar los recursos indispensables para garantizar el bienestar de su pequeña familia. Trata de no pensar en los bienes que su difunto esposo se encargó de atesorar en vida, pensando hacer lo mejor para proteger a su familia.

Cuando salió de la consultoría estaba completamente afectada. Si bien es cierto que perder toda la base económica de sus hijos no estaba para nada planificado, el hecho de enterarse que nunca estuvo casada con su gran amor sobrepasó ampliamente cualquier sentimiento de carencia. El vil engaño que descubrió fue completamente insoportable.

Dentro de toda su confusión, no paró de buscar una explicación para tratar de aclarar toda esa absurda situación. En su experiencia de emigrante buscó razones para reivindicar lo injustificable. Pensó en lo que los documentos pueden significar para algunos: como para Mohamed y para ella misma significaron la pérdida de un empleo y hasta el cierre de un negocio. Recordó la incertidumbre que ella misma sintió, cuando no sabía si su residencia sería renovada. Pensó en todas las personas que luchan por labrarse una identidad cada día, para forjarse un futuro mejor. La asaltó la idea fugaz de que tal vez Carlos sucumbió al deseo de tener una identidad que le otorgara la libertad. Esa que le permitió viajar a Venezuela e instalarse con más facilidad en Francia.

Solo los emigrantes saben cuánto puede costar un papel. Una visa significa muchas veces y para algunos, simplemente una autorización a la vida.

Para Elsa, restablecer la verdad se ha convertido en una obsesión. Más allá de recuperar lo poco que pueda quedar en el Líbano, después de las sucesivas devaluaciones, que ha sufrido la lira libanesa desde el 2016 hasta ahora. Lo más importante para ella es devolverle a sus hijos su verdadera identidad. Piensa que no hay razón para aceptar que sus pequeños crezcan con esa mentira a cuestas.

Hace cuatro años que trata de encontrar una solución. Ha hablado con abogados en Venezuela, en el Líbano y en Francia para encontrar una posible salida. La única proposición viable ha sido atacar en justicia a la familia de Carlos por perjuicio económico y moral. A pesar de ello, Elsa no ha querido actuar, aunque ellos siguen disfrutando cruelmente de las bonanzas financieras de Carlos, sin ocuparse del bienestar de los niños.

Aun estando muy al tanto de la situación, nunca han tratado de hacer algo para poder otorgarle a los niños aunque sea una parte de lo que les corresponde.

La joven no puede ocultar su indignación, cuando escucha que los familiares de Carlos continuaron recibiendo el alquiler del local que él tenía en Beirut o cuando supo que también, vendieron los muebles y electrodomésticos de su casa en Kabrechmon y que continúan percibiendo el alquiler de este recinto sin pensar en los intereses de los pequeños.

Respira profundo cuando la invaden sentimientos de odio. Prefiere confiar en que un día se hará justicia, ya sea en el plano terrenal o universal. No obstante, a veces la colma un fuerte sentimiento de inequidad y reza para sanar.

Ha sabido solventar con la ayuda de Dios todas sus necesidades y no le ha hecho falta nada. Confía en que nunca escasearán los recursos. Sin pensarlo entregaría todo a cambio del bienestar mental, físico y económico de sus pequeños.

Elsa investigó si la familia de Carlos, la cual se niega en todo momento a discutir sobre el tema, había hecho diligencias para recuperar legalmente los bienes del padre de sus hijos, y se pudo percatar que su fallecimiento nunca pudo ser declarado en el Líbano. Ella supone que es debido a las diferencias que existen entre la identidad libanesa y esa que aparece en el acta de defunción, la cual fue establecida en Francia bajo la identidad venezolana.

Carlos descansa en paz al lado de su madre, mientras que las autoridades libanesas ignoran administrativamente su definitivo regreso a casa. Ahora que lo pienso… tal vez estas autoridades nunca supieron a ciencia cierta en que momento Carlos salió y entró cada vez que quiso de este lugar.

Elsa batalla por restablecer la verdad antes de que sus hijos sean lo suficientemente grandes para entender y decepcionarse de su amado padre, del cual Julia guarda todavía un hermoso recuerdo.

El año pasado, la joven logró restablecer la verdad sobre su moribunda acta de matrimonio y ahora está tratando de introducir la solicitud de la rectificación de las actas civiles francesas: los certificados de nacimiento de sus hijos y el certificado de defunción de Carlos. Espera con ansias que la corte suprema civil del tribunal de París de una respuesta favorable a su solicitud.

Julia que era muy pequeña cuando perdió a su padre, lo recuerda con amor. Sigue soñando al ignorar la verdad, con su jardín. Ese que su padre le regaló antes de partir, en el cual respiró un día junto a su padre el aire fresco y deshojó una flor que nunca imaginó quedaría para la eternidad.

Ese hermoso jardín es un terreno lleno de inmensos pinos de piña, que queda casi al frente del terreno en el cual se encuentra la casa familiar, la cual fue dividida en apartamentos que la madre de Carlos otorgó a cada uno de sus hijos pequeños antes de morir. En realidad, a Carlos solo le otorgaron un espacio y fue él solito, quien construyó en parte con sus propias manos y con todo su esfuerzo, cada una de las habitaciones, frisos y pinturas que conforman el bello apartamento de fachada en piedras en el que se transformó. Desde la terraza de este apartamento, al igual que desde el terreno que él compró, se pueden apreciar a lo lejos las montañas y viendo muy cerca y hacia abajo se puede apreciar el pequeño casco comercial de Kabrechmon. Carlos adquirió ese terreno un año antes de partir, creyendo que podría atesorar la felicidad que sintió en ese mismo lugar, cuando allí corrió, jugó y descansó durante su infancia y juventud. El soñó con levantar un edificio y consolidar las bases del futuro económico de su familia. Además, le regaló a su hija la felicidad infinita que sintió al creerse dueño del tiempo. Ese que lamentablemente terminó.

Atrás quedaron sus deseos terrenales. El patrimonio material que tanto se esforzó en atesorar, permanece inalcanzable para su verdadero legado. Esas dos criaturas que ahora se abren camino en la vida acompañados de su abnegada madre. Ella se juzgó incapaz de honrar la difícil tarea que su amado le encomendó. Y aun así se esfuerza cada día por asegurarles un futuro digno. Julia tiene ahora diez años y muy pronto terminará la educación escolar, mientras que Julián con sus cinco, apenas termina la maternal. Juntos luchan por labrarse un ambiente de seguridad y bienestar, sin contar con esa mano protectora que los cobijó, y en la cual se sintieron seguros durante solamente siete años.

Elsa incansable, sigue remontando cada obstáculo, digiriendo el amargo sabor de esa verdad oculta que la siguió a escondidas durante aproximadamente veinte largos años. Esa enemiga letal que rasgó su corazón lacerado una vez más y sigue carcomiendo su tranquilidad. Ahora le llegó a ella la ocasión de ser quien la disimula, mientras la misma pueda escapar del entendimiento de sus pequeños... los cuales llegaron a este mundo, al igual que todos, marcados por un porvenir incierto y por una herencia que les corresponde, pero que solo Dios sabe cuando y de que manera les será retribuida.

FIN

CRÉDITOS

Diseño de portada Daniela OROPEZA y José Luis GARCÍA **jlgarciaguillermo@gmail.com**

Maquetación Daniela OROPEZA **autora.desconocido@gmail.com**

Foto de portada y otras tomadas de Pixabay.

Imagen del autor Sofía Blanco, fotógrafo blnco.sofia@gmail.com

Foto del primer capítulo: Personal.

DESCONOCIDO
Cuando la verdad llegó a mi vida

DESCONOCIDO es una novela corta que explica lo que sucedió cuando la verdad llegó a la vida de Elsa.

Es una historia apasionante. En ella la protagonista vive un hermoso y largo relato de amor, marcado por conflictos culturales, legales, sociales y económicos.

Después de haber estado siete años casada con su gran amor… o más bien de nunca haberlo estado, descubre con estupor, en el momento más inesperado de su vida, que el padre de sus dos hijos y amigo incondicional no era más que un desconocido. Sin embargo, haremos una descripción retrospectiva de esta aventura.

Todo comienza, en el momento más devastador de su vida. En medio del sufrimiento más grande, que jamás hubiera podido experimentar. Estaba lejos de imaginar que esta historia apenas comenzaba.

Nunca pensó que la fatídica pérdida de su esposo a temprana edad y de manera inesperada, marcaría la cuenta regresiva hacia el descubrimiento de la verdad. Una certeza que la persiguió silenciosa durante más de veinte años, sin que ella se pudiera percatar de su existencia. Como un espectador macabro, esperó pacientemente el momento de mayor fragilidad de su víctima para atacar sin piedad.

Los orígenes de Elsa ocurren bajo circunstancias sociales de gran agitación. Nadie imaginó, después de haberla visto en su humilde punto de partida; corriendo sobre el larguísimo tubo de gas que atravesaba el minúsculo pueblo perdido en el cual creció, en medio del estado Yaracuy en Venezuela; que 30 años después terminaría viviendo en la emblemática y glamorosa ciudad de París. Mucho menos nadie pensó que a sus escasos 40 años quedaría viuda, exiliada y con dos niños de menos de 5 años a criar. Tampoco presumieron que tendría la fortaleza guerrera de sus ancestros para superar y ganar cada batalla y salir airosa, renovada y lista para afrontar la peor traición.

Vivió una maravillosa historia de amor, como pocos tienen la ocasión. En ella descubrió nuevos mundos y aprendió a ser madre y ama de casa de manera autodidacta. Además abandonó todo por construir una vida al lado de su príncipe encantado. Muchos años pasaron antes de que el cruel descubrimiento pusiera en riesgo no sólo sus sueños y pretensiones, sino también la estabilidad política, legal y económica de ella y muchas familias a su alrededor.

Para la autora la palabra desconocido también tiene que ver con ese mundo que descubren muchas personas cuando se encuentran en condición de emigrantes. Ella cree que bajo su nueva situación, algunos son capaces de desarrollar una especie de doble identidad, la cual crea en ellos un conflicto existencial que los obliga a luchar sin descanso, hasta poder integrar y asimilar el inédito mundo en el que se encuentran inmersos de repente.

INDICE

Dedicatoria	11
La Autora	13
Agradecimientos	17
Prólogo	19

CAPÍTULO I :
Una ceremonia de entierro muy particular — 21

CAPÍTULO II :
Génesis — 29

CAPÍTULO III:
Amor a primera vista — 41

CAPÍTULO IV:
La muerte pasa de visita — 53

CAPÍTULO V:
Una segunda oportunidad — 65

CAPÍTULO VI:
Un antes y un después — 71

CAPÍTULO VII:
De regreso a la realidad — 81

Créditos	101
Acerca del libro	103
Contactos	109

CONTACTOS

https://www.facebook.com/autora.desconocido

Daniela OROPEZA/DESCONOCIDO

autora.desconocido@gmail.com

+33699444413

Made in the USA
Middletown, DE
08 September 2022